봄 탓이로다

현대시조 100인선

100

봄 탓이로다

김덕남 시집

고요아침

DNA를 찾아서

내 몸속 먼 조상은 새 혹은 뱀이었다
꽃길을 마다하고 길 아닌 길을 찾아
밤마다 불을 켜든다, 익명의 암호 캐는

구만리 장천 돌며 엿듣는 별의 대화
진창도 어둠속도 배밀이로 핥아가며
낱말의 부스러기 속 시어詩語 하나 찾아서

날개에 방점 찍다 위장술에 밑줄 긋다
낯설은 짜깁기로 구슬 꿰다 코를 꿰어
비몽과 사몽 사이에 찌 하나를 드리운다

2017년 10월
김덕남

■차례

제2부 봄 탓이로다

제3부 바깥세상 엿보다

제4부 햇살을 당기다

1부

매운 눈물 담다

양파 생각

함부로 벗기지마라, 최루성 속내란다

동심원 퍼져가듯 그리움에 닿기 위해

한겨울 땅속에서도 달달한 향 지켰으니

화농을 도려낼 날[刀] 하나 내게 없고

성냥불 확 댕겨 타오를 눈빛도 없어

살 속에 살을 감추어 매운 눈물 담았으니

주산지 왕버들

몇 백 년 순례의 길 마침내 돌아와
벼루에 먹을 갈아 물 위에 선시를 쓴다
뼛속을 텅 비운 소리
새들도 잠잠하다

저렇듯 하늘 품어 몸통 내린 물속이다
손발이야 짓물러도 날마다 빗는 머리
한세월 삭여낸 가슴 구멍마다 화엄이다

눈비도 달게 받고 달빛도 고이 받아
향기는 나비에게 뿌리는 버들치에게
마지막 남은 한 획에 물잠자리 앉힌다

모지랑숟가락

여름엔 감자 등을

겨울엔 호박 속을

쓱쓱 긁다 제 살 깎아

껍데기만 남은 당신

한평생

닳은 손끝엔

반달꽃이 피었다

대竹의 기원

나 죽어 한 필부의 젓대로나 태어나리
노래로 한세상을 달래어 살다가도
그리움 지는 달밤엔 가슴으로 울리라

그 다음 생 또 있다면 빗자루로 태어나리
티끌 먼지 쓸어내어 이 세상을 맑히다가
해 지면 거꾸로 서서 면벽수행 하리라

화살이나 죽창은 내 뜻이 아닌 것을
속 비워 어깨 서로 기대며 다독이다
생애에 단 한 번 꽃으로 경전 피워 보리라

오징어와 소주

유혹이 불을 켜면 바닷물도 흔들렸어

바깥이 궁금할 땐 줄낚시 타는 거야

술잔 속 생을 찢는다

칼칼한 저녁 한 때

까짓것, 살다보면 씹히고 씹는 거야

시든 청춘 메들리에 추임새를 넣다보면

저 쪽배 하늘을 건넌다

그림자를 등에 업고

요양원 일기

거울 속 분칠하는 한 여자가 그를 본다
웃자란 눈썹 자르다 송두리째 파낸 기억
흐릿한 눈동자에 갇힌
새 한 마리 파닥인다

외계인이 찾아왔나, 어느 별을 헤맸더냐
눈시울에 얹혀있는 낯선 자식 바라보다
기억 속 창밖을 향해 더듬더듬 읊는다

꽃신을 신던 발이 자꾸만 재촉한다
뒷산의 뻐꾹새가 저리 운지 오래라고
철침대 난간을 잡고
허물 벗는 꿈을 꾼다

목탁소리

허기진 황조롱이 발톱 세워 내려본다

쫑긋한 다람쥐가 손 부비며 올려본다

두 눈길 부딪는 순간 똑또그르 똑 똑 똑

골기와에 앉은 바람 먹구름 훌훌 걷고

스치듯 마른 붓이 하늘 한 필 풀고 있다

허공에 먹물을 찍는 깊디깊은 저 소리

줄광대

굳은살 잔재비가 하얏차! 날아오른다
진창길 벗어날까 외돌아 무릎 굽혀
밑바닥 튕겨오른다, 낮달이 휘청한다

바늘구멍 면접으로 겨우 잡은 밥줄 하나
날자날자 주문 외는 외줄 위의 넥타이
동살의 가풀막 따라 출근길을 달린다

팽팽한 줄 위에선 사람도 새가 된다
바람의 숨결 타듯 허공을 걸어가듯
뼛속도 속내도 비워
죽지 펴는 저 남자

귀뚜라미

울음낭 터뜨리고

나 대신 누가 우는가

가을을 끌어안고

밤새워 누가 우는가

그믐달

새벽이슬 밟으며

한 사람을 보낸다

건천 장날

보소 보소 그기 뭐라꼬! 하나 더 얹어주꾸마

건천장 난전에서 호객하는 고란댁

반시도 엉덩짝 들썩

단물을 뿜어댄다

첨부터 줄끼지 와그라요 할매도 참,

뭐라카노 밀고 땡기는 이 맛에 사는 기라

장바닥 질펀한 웃음

꼬인 매듭 다 푼다

귀표 혹은 코뚜레

그대 귀에 달린 것은 귀고리가 아니다
노예의 상징일 뿐 그 무엇도 아니다
한 끼의 입맛을 위한 이력서일 뿐이다

그대 코 뚫은 것은 피어싱이 아니다
유혹의 허방일 뿐 그 무엇도 아니다
살가죽 벗겨지도록 짐 지우기 위함이다

엉덩짝 불도장은 비정규의 주홍글씨
빌딩이 높을수록 그늘은 더욱 깊어
지상의 모든 고삐로 생채기는 덧난다

공

지하철 계단에서 동그랗게 몸을 말고

동전을 기다리는 두 손이 얼어 있다

치솟는 빌딩에 가려 빛을 본 지 오래인 듯

하이힐 찍는 소리 서둘러 멀어진다

단속반 툭 건드리자 통째로 구르는

오늘을 그리는 촉수 화석으로 멎는다

꾀꼬리

호륵 호륵
호로리요우

숲속의 초록 방언

분수가 솟구치듯
실로폰을 딛고 간다

온 산이
가슴을 푸는

탱탱한
오월 한낮

초분에 드는 길

청보리 마늘밭 지나 유채꽃 환한 세상
돌담길 북장단에 슬렁슬렁 떠납니다
흰 물결 만장이 되어 너울너울 앞섭니다

물 막은 구들장논 손끝이 다 닳도록
허리 한번 펴지 못한 다랭이 돌아돌아
아리랑 가락에 맞춰 육탈의 길 갑니다

빙 두른 이엉 위에 용마름 가볍게 얹어
이생의 업이야 손 흔들면 그만인 것
잔별이 내리는 그곳 하얀 뼈로 갑니다

복숭아 탐하다

제멋대로 자라나도 때 되면 연지 찍는다

엉덩이와 엉덩이가 춘화를 그리는데

노린재 더듬어간다

발칙한 더듬이

도화살 뻗쳤는가 단내 폴폴 풍겨댄다

풋고추 약오르는 칠월 땡볕 열기 속

풍뎅이 헉헉거린다

속살을 파고든다

2부

봄 탓이로다

꽃몸빼

챙 깊은 일모자들 줄지어 흔들린다

트럭의 짐칸에서 바닥 잡고 흔들린다

가솔들 짊어진 어깨 일 나가며 흔들린다

양파밭에 부려놓은 펑퍼짐 꽃몸빼들

이랑을 타고 앉아 오늘을 심고 있다

노을을 톡톡 털면서 "흙먼지도 고맙지"

변산바람꽃

웃음을 가득 담은 솜털이 뽀송한 뺨
차마 손댈 수 없어 무릎 꿇고 맞는다
눈두덩 스치는 감촉
눈을 감을 수밖에

꺾일 듯 연한 숨결 지쳐 잠든 아가야
긴긴밤 바라보는 눈물을 보았느냐
한 삼년 널 품을 수 있다면
귀먹어도 좋으련만

바람도 때로는 가슴을 벤다는데
매섭고 차가운 세상 헤집고 올라오다
변산의 어느 골짜기 잔설을 녹이려나

냉이

혀 같은 새순 나와

톱니가 되기까지

한 생을 엎드린 채

푸른 별을 동경했다

서릿발

밀어 올리는

조선의 저 무명치마

봄 탓이로다
— 혜원의 그림 '손목'을 감상하다

으슥한 후원 안에 붉은 꽃 다퉈 핀다
허물어진 담장 위로 잡풀이 적적한데
저, 저런!
덥석 잡는 손, 수염 아직 없구나

꿈틀하며 놀란 괴석 게슴츠레 치켜 뜬 눈
사방관 쓴 사내의 은근한 조바심에
엉덩이 잔뜩 뒤로 빼는 짚신 속의 저 여인

향기 푼 낮달이 살짝 걸은 구름자락
까무룩 몸을 떠는 나비의 날갯짓에
농익은 꽃잎 하나가
토옥! 하고 떨어진다

하루

맛보세요, 케밥이랑 미고랭 짜요*까지

저들의 땀방울이 스며드는 보도블록

부평동 깡통야시장 포장마차 줄을 선다

생업의 수레바퀴 깃발을 펄럭이며

어눌한 말씨에도 씨눈을 틔워보려

불빛이 야근을 한다, 대낮 같은 밤거리

* 케밥 : 터키의 전통 육류 요리. 미고랭 : 인도네시아 전통 면 요리.
짜요 : 베트남 튀김만두.

매파가 다녀간 날

엄마의 옷고름에 내 손목 묶어 놓고

이 밤 자고나면 엄마 얼굴 못 볼까봐

"사립문 꼭 지켜야 돼"

끄덕이며 웃는 달

허물 벗다

담장 밑 길게 누운 투명한 빈집 한 채
머리에서 꼬리까지 계절을 벗어놓고
내면을 응시하는가
눈빛이 서늘하다

껍질을 벗는다면 오욕도 벗어날까
숨가쁜 오르막도 헛짚는 내리막도
날마다 똬리를 틀며 사족에 매달리던

별자리 사모하여 배밀이로 넘본 세상
분 냄새 짙게 피운 깜깜한 거울 앞에
난태생 부활을 꿈꾼다
어둠 훌훌 벗는다

탄발지彈發指*

딸까닥 격발하는가, 손가락이 수상하다
나 몰래 잠복했던 적군이 움직이나

반란은 눈 깜짝할 새 온다
닳아진 지문 사이

시뻘건 눈빛으로 키보드 두드린 죄
밝은 달 가리키며 함부로 손가락질한 죄

봉숭아 꽃물들이며
어르다가
달래다가

* 탄발지(彈發指) : 손가락 하나가 잘 펴지지 않는, 억지로 펴면 총을
격발할 때처럼 딸까닥 소리가 남.

얼룩

1.
호미 날에 몸통 잘려 파르르 튀는구나
축축한 땅속에도 꽃길은 있었겠지
밤마다 울음낭 열어 구도의 길 닦는데

반쪽의 분신 찾아 저리도 꿈틀대다
귀잠에 들려는가 몸짓이 잠잠하다
내 안의 얼룩 다발을 더께처럼 쌓는 날

2.
묵정밭 갈아엎어 꽃향기 맡겠다고
잘 벼린 연장 들고 댕강 자른 꽃모가지
기어이 생피를 보네, 빈혈 앓는 내 얼굴

명주달팽이

젖은 땅 혀로 핥으며 어둠을 더듬는다

세상을 떠돈다는 건 뿔 하나 세우는 일

나선형 등짐을 지고

천리 먼 길 나선다

라면 먹는 남자

새벽별 보는 사내 인력시장 찾는다
막노동 삼십 년에 이력이 날만한 데
늘어난 이자만큼이나 졸아든 어깻죽지

팍팍한 건설현장 새파란 감독 앞에
헛딛지 않으려고 버팅기는 두 다리로
땡초를 화끈하게 푼
콧물까지 들이켠다

알바를 끝낸 자정 꼬불꼬불 끓인 속을
맵짠 생 후후 불며 희망 몇 올 건지려다
면발에 구르는 눈물 고명으로 얹는다

사리와 조금

별똥별 떨어지는 망망한 바다 한복판

텔레파시 보내는가 은하물이 출렁인다

내밀듯 끌어당기듯 볼 붉히는 달무리

단맛쓴맛 씹어보다 검푸르게 날뛰다가

홀쭉하게 빈 가슴 봉긋이 부풀도록

열꽃도 울음주머니도 풀어놓고 가는 물때

젖꽃판

병풍을 밀쳐놓고 홑이불 걷어내자
어머니 머뭇머뭇 내생을 가고 있다
아직도 못 내린 짐 있어 반눈 뜨고 나를 본다

남루를 벗겨내고 골고루 닦는 몸에
이생이 지고 있다
달무리 피고 있다
젖꽃판, 갈비뼈 위에 낙화인을 찍는다

다섯 살 다 되도록 이 젖 물고 자랐다고
앞섶을 헤쳐보이며 빙그레 웃으시던
몽환 속 이어간 말씀,
꽃숭어리 벙근다

포갠다는 것

"백혈병 내 딸아이 살려주이소, 선생님들!"

휠체어 탄 젊은 여자 절규하며 굴러간다

액정 속 기도문을 읽는가 고개 숙인 눈빛들

앞 못 보는 목소리가 더듬더듬 일어선다

"보이소! 거기 서 보소" 지폐 한 장 펄럭인다

"얼매나 힘드능기요" 따스한 손 포갠다

모래 이야기

고니는 굵은 갈필, 물떼새는 세모필로
사초를 쓰고 가는 모래톱 가장자리
예서체 발자국마다 생의 어록 담는다

콩게 달랑게가 지하 성전 짓고 있다
달빛을 걸어놓고 꺾으며 내지르며
파도의 수궁가 완창 유장하게 듣는다

누군가의 꿈을 위해 날마다 솟는 빌딩
그 속에 뼈를 묻어 십자가 지고 섰다
불길도 꾹 참아내는
된바람도 막아서는

3부

바깥세상 엿보다

치술령

높은 재 헛디디며 넘다넘다 되돌아 와
울다 지친 코흘리개 끌어안고 울던 당신
산등성 검은등뻐꾸기 살·아·보·자 같이 울고

풋잠 든 내 얼굴을 물끄러미 내려보다
치맛자락 뒤집어서 콧물 닦고 허물 닦던
그 손길 조금씩 풀려 가는 길을 찾는다

속엣말 다 하지 못한 젊디젊은 내 어머니
볼 붉은 아버지를 만났을까, 얼싸안았을까
오늘은 검은등뻐꾸기 보·고·싶·다 내리 운다

두꺼비

팔자걸음 뒷짐으로 그렇게 걷는 거야

울퉁불퉁 자갈길을 맨발로 가는 거야

사는 길 얼룩덜룩해도 더러는 웃는 거야

쨍쨍한 햇살 아래 등껍질이 타들어도

대숲처럼 일어서는 장대비를 맞더라도

헌 집이 새 집 된단다, 무지개도 핀단다

알과 여자

― 오릉에서

뉘 고르듯 잡풀 뽑는 왕릉 위의 저 여자
켜켜이 쌓인 시간 호미질로 불러낸다
한 생이 소금꽃 피어 속살이 내비치는

솔 향 담뿍 풀어 어질머리 앓는 한낮
베이고 뜯겨져도 감싸는 풀잎처럼
비바람 끌어안는다면 다시 천년 못 가랴

굽 높은 접시 가득 제단에 올리는 땀
스란치마 한 자락을 찰찰 끄는 그날 바라
덩두렷 봉분에 앉아 알 하나를 품는다

퓨전시대

화장하는 남학생의 머릿결이 찰랑하다

찢어진 청바지에 색깔 다른 선글라스

인생은 가볍디가볍다고

한 다리를 떨고 있다

사마귀

저 눈깔, 오죽하면 범의 아재비일까
그러니까 호랑이보다 항렬이 높다는 말
겁 없는 반골의 기질, 낫을 들고 덤비네

혁명을 꿈꾸는가 위장과 위협으로
밑바닥 뒤집고픈 게릴라성 폭우처럼
오금도 달싹 못하는 나비를 덥석 무는데

슬금슬금 다가오는 회심의 저 두꺼비
눈앞의 성찬이다, 찰나의 혀를 보라
그러게, 나는 놈 위에 노리는 눈 있다니까

사발동백

― 소록도 愁嘆場*에서

오 미터 사이 두고 하염없이 타는 핏줄

사발동백 뚝뚝 진다 너울이 섬을 친다

아가야 모가지 꺾지 마라

이건 죄가 아니야

갈매기 울어울어 종소리 밀어낸다

콧등이 내려앉아 너의 냄새 맡을 수 없네

손가락 다 떨어지기 전

널 한번 안았으면

* 소록도 수탄장(愁嘆場) : 한센병 부모와 미감아동이 5m 거리에서 일 렬로 마주 서서 한 달에 한 번 면회를 하며 탄식하던 장소.

54

소싸움을 보는 이유

뿔 깨나 쓰신다는 이 땅의 금수저님
붉은 카펫 내디디며 발자국 찍고 있다
팽팽한 설전 너머로 뿔치기 한판이다

뒷발로 앙버티며 들이박고 밀어내다
떼 지은 삿대질에 화면이 어지럽다
튕기는 불티를 피해 돌아앉아 먹는 밥

청도로 와 보시게 응원석에 앉으시게
옥뿔로 비녀뿔로 산이 들썩 맞붙어도
깨끗한 한판 승부에 갈채 받는 뒷모습

무쇠솥

아궁이 앞 꿇은 무릎, 죽은 불씨 살려놓고

"하안 많은 이 세-사앙" 울 엄만 노래하고

부뚜막 올라앉은 넌

소리 내어 대신 울고

블랙박스

봉인을 뜯는 순간 내장이 쏟아진다

질주의 본능 뒤로 풍경은 사라지고

당신의 검은 음모가 꼬리 물고 재생된다

삿대질 맞고함에 꽁꽁 막힌 여의도 길

출구는 오리무중 비상구도 막혔는데

의사당 철문을 걸고 종이꽃만 피운다

하피첩 霞帔帖*

1.

안부 글 차마 못 쓰고 다홍치마 보냅니다
촉루 너머 강진 향해 글썽글썽 젖습니다
한숨 진 개밥바라기 머릿결이 하얗습니다

2.

받은 치마 펼쳐 놓고 아픈 마음 오린다오
캄캄한 적소에는 달빛만 기웃하오
희뿌연 새벽녘에야 한 점 획을 긋는다오

3.

서리꽃 아찔해도 물길 낸다, 아들아
만 갈래 뻗는 생각 하나로 묶는다면
첫울음 들을 수 있으리, 매운 시도 얻으리

* 하피첩 : 노을빛 치마로 만든 서첩. 강진에 유배중인 다산에게 부인
이 시집 올 때 입고 온 붉은 치마를 보내옴. 다산은 그 치마로 서첩을
만들어 한양의 아들에게 보냄.

눈물샘

자꾸만 헛보는 동공 눈물관이 역류한다

발꿈치 들고 서서 사방을 둘러봐도

막다른 바람벽인가 그렁그렁 앞을 막네

뜨겁게 녹이면서 뼛속까지 내려가면

어둠을 씻어내는 밝은 별 내게 올까

침침한 수정체 너머 마음으로 읽으라는

말똥구리

곁눈 하나 팔지 않는 필생의 걸음걸음
하루의 창을 여는 신성한 노동이다

아슬한 경계를 넘는
행간 너머 그 곳에

물려받은 붉은 기억 피땀으로 뭉친 사리
신전에 올리려나 더운 숨결 보탠다

어둠도 오래 응시하면
가는 길이 트이듯

땡볕도 마다않고 비바람도 맞받으며
더듬이 바짝 세워 길을 닦는 오체투지

매운 말 고이 받들어
지평선을 넘는다

자장매

색 바랜 단청 아래

묵언이 고여 있다

가만히 귀 기울이면

물방울 터지는 소리

선홍빛

해산을 한다

산자락이 눈을 뜬다

달의 눈빛

밤하늘 바라보면 아스라이 뜨는 얼굴
별빛을 헤쳐 가며 불러보는 이 밤에
당신도 날 보기 위해 뜬 눈으로 새웁니까

날마다 수척해가는 하현달 가리키며
왔던 길 돌아간다고 눈으로 말씀하신
어머니 까끌한 손을 가슴에다 묻습니다

서서히 달이 차는 만삭의 여인처럼
산고 끝 꽃을 피워 보름달로 찾아오신
그 눈빛 애달픔에 젖어 가슴 한쪽 집니다

깨소금 되기까지

홀쭉한 통깨들이
확 달군 프라이팬

모로 눕다 돌아눕다 바깥세상 엿보다가

한번쯤
튀어보는 거야
통통하게 부푼 꿈

꼬투리 벌기도 전
쳇바퀴에 갇힌 청춘

어디로 튈지 모를 덜 여문 생깨들아

조금만,
조금만 참자
깨소금 될 때까지

4부

햇살을 당기다

빨래판

브라와 청바지가 뒤엉켜 돌아간다
젖은 숫자 눌러놓고 하프를 켜는 여자
금간 손 엇박을 치며 빨래판을 긁는다

절은 때 씻는 하루 비벼대는 요철 속을
부르튼 물집들이 시나브로 터지는 밤
오그린 발칫잠에도 꿈속 길을 달린다

갸르릉 밝은 소리 리듬을 타다보면
헐거운 솔기 사이 얼핏 뵈는 푸른 하늘
옥탑방 바지랑대 세워
맑은 햇살 당긴다

타임캡슐

농축된 사랑과 눈물 알집에 묻었단다

누군가 문을 열고 압축파일 풀겠지

침묵과 함성의 광장

개켜 넣은 오늘을

켜켜이 묻은 시간 가루분 톡톡 털고

까똑까똑 부른다, 알람이 울고 있다

천년 잠 들여다보는

먼먼 훗날 얼굴들

물푸레는 말한다

불도저에 찢겨나가 산허리에 흐르는 피
뿌리째 뽑혀버린 한 생이 흥건하다
골짜기 쏟아져 내린
달빛마저 글썽인다

흙탕물 쓸려가며 호흡이 경각이다
흑백의 처방전에 설전이 난무하는
- 티비는 꺼버리세요, 여의도는 잊으세요

회초리 하나쯤 가슴속 품었다가
과적과 과속으로 기우뚱하는 날엔
- 녹이 슨 영혼의 어깨 죽비처럼 치세요

폐업하는 날

덤으로 주고받던 넉넉한 골목 웃음
공룡마트 올라간 날 굽은 등 숭숭 뚫려
출구도 비상구도 없는 구멍가게 사장님

금이 간 골목길에 황사바람 일고 간다
시린 뼈 훑어내려 관절을 툭툭 치며
'폐기물' 스티커 붙여
길바닥에 나뒹군다

맨살의 시멘트 벽 더듬는 촉수 본다
말없이 달라붙은 담쟁이 저 안간힘
수많은 잎사귀를 끄는
숨소리가 푸르다

깨다

사방으로 튀어가는 꽃병 조각 날 세운다

엉겁결 뛰는 발에 핏물은 배어나고

꽃의 집 숨을 멈추자 덮쳐오는 이 고요

흩어진 파편마다 눈 뜨는 불빛 좀 봐

허물 벗는 나비인가 꽃은 바로 활짝 피네

비로소 터지는 숨길, 날숨들숨 시작한다

손에 땀을 쥐다

— 단원의 씨름도

갓머리 벙거지에 상투에다 땋은 머리
폈던 다리 오그리며 응원소리 드높다
아자자!
들배지기에 받아치기 역습이다

싸움이 격렬해도 뒤돌아 엿을 치며
하루치 점을 보는 안다리를 걸고 있다
부채로 슬쩍 가린 속내 벌겋게 타는데

터질 듯한 시간 너머 생의 반전 일어나는가
쏠리는 응원석으로 철퍼덕 내다꽂는 힘
꽹과리 절로 솟으며
당산나무도 덩더쿵!

노루귀꽃

너를 보면 젖이 돈다

찌르르 길을 낸다

서둘러 방울지는 옷섶을 풀어내면

솜털로
쫑긋 서는 귀

새끼노루 꽃잎 번다

왜가리

부르르 몸을 떠는 노숙의 젖은 죽지
온천천 물가에서 밀린 기도 하고 있다
한사코 매달리는 천식 뿌리치지 못하고

가슬도 아랫목도 묻어둔 가슴 한켠
숭숭 뚫린 구멍마다 파고드는 숨비소리
시치미 딱 떼고 가는 애완견의 옷이 곱다

갈 길 놓친 왜가리의 구불텅한 목덜미
지루한 목숨 하나 버짐처럼 붙어있다
외발로 버티는 하루 빌딩숲이 기운다

메시지

그 누가 읽을 건가 외계인의 저 메시지

먹나비 날개자락에 붓으로 쓴 암호무늬

방부제 분칠한 꿈이 천년 잠에 들었다

나비원* 건너가서 봉서 한 통 받아들고

그대 행간 해독하려 가로세로 뜯어보다

차라리 나비 되리라, 장자 내편을 펼친다

* 울산대공원에 있는 나비식물원, 러시아 사진작가 Kjell Sandved는
나비 날개의 문자 등 여러 문양이 외계인이 지구인에게 보내는 메시
지라고 하였음.

허풍선이

광복동 대로변서 허리 접는 저 아재
뼈도 뱉도 다 버리고 허파에 바람 실어
어정쩡 장승은 싫어 온 몸으로 유혹한다

팔푼이라 조롱하던 눈총을 뒤로 하고
꾀죄죄 절은 청춘 은하에 풍덩 던져
별똥별 건지려는가 웅덩이도 마다않네

꼬부랑 노래 맞춰 피에로는 춤을 춘다
풀무질 날로 해도 허느적 우는 달밤
아지매 생각하는가 허재비 우리 아재

임플란트

오백 년
영욕 딛고
버텨 온 저 팽나무

금 가고 부러진 뼈
시멘트 기둥 박아

해묵은
아집을 털고
새떼 불러 젖 물린다

수의 한 벌

하얼빈 총소리가 어미에게 당도했네
약지를 자른 결의 하늘을 여는구나
목숨을 구걸치마라 수의 한 벌 보낸다

북천의 외로운 길 이 한 벌로 삭히랴만
배내옷 꺼내놓고 한땀한땀 달을 깁는다
바늘이 헛짚는구나, 창살 밝아 오는데

이역의 바람으로 천년을 떠돌아도
뤼순의 풀더미 속 흙으로 돌아가도
북두의 일곱 별이다, 어미의 높은 별이다

기성품 죽음이 싫다

노인이 먼 길 떠났다, 요양병원 침대에서

삼년간 튜브로 이은 목숨줄 아예 놓고

유품 속 빛바랜 봉서

덩그러니 남았다

정신줄 놓았다고 온 몸에 줄 달지마라

가는 길 훤히 보며 문지방 넘을란다

영정 속 깡마른 얼굴

조문객을 맞는다

주령구 酒令具

천년을 가로질러 주사위가 굴러온다
파도타기 내림술에 춤추는 은빛 물결

둥근달 자맥질한다,
취기 자못 난만하다

던지는 물음표에 느낌표가 굴러간다
거푸 마신 석 잔이야 복불복이 아니더냐

러브샷, 팔을 건다는 건
외로움의 방편이지

도원이 가까웠나 가화가 지천이다
불나방 날아들듯 술잔에 빠진 혀들

엇박의 발자국소리
그림자가 꼬인다

* 주령구(酒令具) : 경주 월지(안압지)에서 출토된 14면체의 주사위.
주령구를 던져 나오는 면의 글자대로 따라하는 음주풍류를 위한 신라
인의 놀이도구.

거울

좌우가 바뀐 채로
거울 속서 누가 본다

똑바로 보려거든 그대를 뒤집어라

한 번쯤 뒤집고 보면 가는 길이 보이리

영문 글자 자리 바꿔
달려오는 앰뷸런스

앞차의 백미러엔 생명길 뚫고 있다

꽉 막힌 내 안을 본다
거울 하나 찾는다

내 몸속 DNA를 찾아서

1. 전두엽을 열다

어린 시절, 외로움이 고독을 키웠다. 그러다 보니 자연히 생각이 많은 아이가 되고 독서에 눈을 뜬 게 오늘의 나를 만든 게 아닌가 생각한다. 그런데 왜 시조시인인가? 세상 살다 보면 몇 차례 고비가 있다. 한 자리를 팠으면 무르익어야 할 나이다. 그런데 뒤늦게 굳이 시조를 쓰는 것은 넓두리를 하기 위함이 아니다. 마음 깊숙이 숨겨진 내적 본능을 발현시키지 않고는 견딜 수가 없기 때문이다. 우리말의 언어구조는 대부분 2, 3마디로 되어 있다. 여기에 토씨를 더하고 뺌으로서 3, 4조의 자연스런 율격이 되는 것이다. 이 율격에 이야기를 얹고, 그 이야기에 사상, 철학, 시대정신이 가미되면 시조가 되지 않겠는가. 나는 이 율격을 타는 재미를 이 세상 무엇과도 바꿀 수 없다. 내 몸속의 'DNA'를 찾아 가는 길이니 어찌 멈출 수 있을 것인가. 더러는 '낯설은 짜깁기로 구슬 꿰다 코를 꿰어/비몽과 사몽 사이에 찌 하나를 드리'울망정 내 안에서 돋아나는 언어의 종유석을 캐야만 하는 시기가 바로 지금이라고 믿는다. 문학은 살아온 인생만큼 그 깊이를 느낄 수 있을 것이다. '시는 체험이다'라고 릴케가 『말테의 수기』에서 말한 것처럼 직접체험이든 간접체험이든 체화된 언어로 시를 쓸 때 감동을 준다. 체험을 바탕으로 희망을 갖고 전두엽을 열어 창작의 순간을 맞고 싶다.

2. 시대정신을 풀다

시조는 시대정신을 풀어가야 한다. 일찍이 다산 선생은 아들에게 보낸 편지에서 '시대를 아파하고 퇴폐한 습속을 통분히 여기지 않은 것은 시가 아니다.'라고 하지 않았던가. 특히 시절가조時節歌調라는 시조時調를 쓰는 입장에서야 더 말해 무엇 하리. 그래서 시인은 '세상의 부패를 막는 방부제'여야 한다지 않던가. 이 시대의 아픔은 도처에 깔려있다. 현실에 지치고 상처 받은 사람들의 삶을 들여다보고 따뜻한 위로의 눈으로 희망을 줄 수 있는 시어 하나를 찾는다면 밤잠을 설쳐도 글을 쓰는 보람을 찾을 수 있겠다. '갈 길 놓친 왜가리의 구불텅한 목덜미'로 노숙의 아픔을 그린 「왜가리」, '치솟는 빌딩에 가려 빛을 본 지 오래인' 지하철의 구걸인 「공」과 「포갠다는 것」, 비정규직으로 이 시대를 살아가야 하는 그늘 속의 사람들을 그린 「귀표 혹은 코뚜레」, '면발에 구르는 눈물'을 '고명으로 얹는' 「라면 먹는 남자」, '트럭의 짐칸에서 바닥 잡고 흔들리'는 「꽃몸뻬」가 이를 말해준다. 이 시대의 화두로 떠오른 다문화가족의 '어눌한 말씨에도 씨눈을 틔워보'는 「하루」, '웃자란 눈썹 자르다 송두리째 파낸 기억'의 치매노인을 다룬 「요양원 일기」 등에도 눈길을 돌린다. 어느 날 피붙이가 나를 알아보지 못하는 일만큼 끔찍한 일도 없을 것이다. 한 가족의 문제가 아닌 국가의 문제로 다가오고 있다.

> 거울 속 분칠하는 한 여자가 그를 본다
> 웃자란 눈썹 자르다 송두리째 파낸 기억
> 흐릿한 눈동자에 갇힌
> 새 한 마리 파닥인다
>
> 외계인이 찾아왔나, 어느 별을 헤맸더냐
> 눈시울에 얹혀있는 낯선 자식 바라보다
> 기억 속 창밖을 향해 더듬더듬 읊는다
>
> 꽃신을 신던 발이 자꾸만 재촉한다
> 뒷산의 뻐꾹새가 저리 운지 오래라고
> 철침대 난간을 잡고
> 허물 벗는 꿈을 꾼다
>
> ─「요양원 일기」 전문

여기 요양원에서 생명을 유지하는 한 여인이 있다. 우리들의 어머니일 수도, 언젠가 우리들의 모습일 수도 있다. 거울 속 분粉칠 또는 분糞칠하는 여인, 눈시울에 얹혀 있는 자식을 보고도 '외계인이 찾아왔나, 어느 별을 헤맸더냐'고 낯설어 하고 있다. 이미 세상의 분별을 잃어버렸다. 그러나 '철침대 난간을 잡고/허물 벗는 꿈을 꾸'는 이 막막한 현실은 기억의 상실만을 뜻하는 것이 아니라 현생을 벗고 재생의 길로 들어서는 몸바꿈의 과정이 아니겠는가. "이 시조가 쉽사리 비관적 정서에 물들지 않은 것은 존재의 틈을 벌리는 기억의 망실이 거추장스러운 허물을 벗고 새 생명으로 이전될 수 있다는 믿음을 바탕으로 하고 있기 때문이다"고 염창권 시인은 평을 한 바 있다. 힘들지만 긍정적인 눈으로 세상을 바라보고자 하는 마음을 담았다. 나는 긍정의 힘을 믿는다. 여고시절 생활기록부의 취미 또는 특기 란에 '공상'이라 쓴 적이 있다. 담임 선생님으로부터 '공상은 취미가 될 수 없다. 차라리 고상이라 적어라'고 핀잔을 들은 적이 있다. 공상이든 망상이든 상상의 나래를 접을 수는 없었다. 그 '공상'이 내 문학의 밑거름이 되었다고 본다.

오랫동안 공직생활을 해오면서 샐러리맨들의 외줄타기가 어떤 것인지 몸으로 체득했다. '바늘구멍 면접으로 겨우 잡은 밥줄 하나'를 놓칠까봐 '뼛속도 속내도 비워'내야 겨우 죽지를 펼 수 있는 이 시대에 우리는 살고 있다. 날마다 '바람의 숨결 타듯 허공을 걸어가듯' 아슬아슬한 곡예를 하지만 '하얏차! 날아 오르'고 싶은 희망을 「줄광대」에 담아 보았다.

3. 율격과 여백을 담다

시조는 함축미, 절제미, 율격미에다 시대정신을 담아야 하며, 그 이면에 많은 뜻을 담는 여백을 둔다면 그야말로 금상첨화라 할 수 있겠다. 여백 즉 글 밖의 글에서 독자들은 무한의 상상을 펼칠 수 있을 것이다. 글 밖의 글에서 길을 찾거나 아하! 하고 무릎을 칠 수 있다면 그 또한 글 쓰는 사람의 보람이 아니겠는가.

시조가 창에서 비롯되었듯 그 리듬은 매우 중요하다. 시절가조時節歌調란 바로 그 시대 삶의 노래이다. 그 삶에는 흐름이 있고 굴곡이 있기 마련이다. 살다보면 유유히 흘러가다가도 소용돌이치거나 천척절애에 내리꽂히는 폭포 같은 삶도 만난다. 그처럼 흐름의 낙차를 리듬감 있게 살려내기 위해 한 편의 작품을 써서는 책상 앞에 붙여 놓고 소리 내어 읽어본다. 물결이 흘러가듯 출렁출렁하는지, 걸리는 데는 없는지 읽고 또 읽어본다.

　울음낭 터뜨리고//나 대신 누가 우는가//가을을 끌어안고//밤새워 누가 우는가//그믐달//새벽이슬 밟으며//한 사람을 보낸다
　　　　　　　　　　　　　　　　　　　—「귀뚜라미」 전문

　호륵 호륵/호로리요우//숲속의 초록 방언//분수가 솟구치듯/실로폰을 딛고 간다//온 산이/가슴을 푸는//탱탱한/오월 한낮
　　　　　　　　　　　　　　　　　　　—「꾀꼬리」 전문

　혀 같은 새순 나와//톱니가 되기까지//한 생을 엎드린 채//푸른 별을 동경했다//서릿발//밀어 올리는//조선의 저 무명치마
　　　　　　　　　　　　　　　　　　　—「냉이」 전문

4. 나와의 대화를 하다

수행자가 둘레를 깨끗이 하고 참선에 들 듯 시를 쓰는 과정도 수행의 과정이라고 본다. 고요한 가운데 마음을 하나로 모

우고 자신을 들여다본다. 삼라만상이 잠들면 별들은 더욱 반짝거린다. 전두엽, 후두엽, 측두엽까지 최대한 열어놓고 심장의 소리에 귀 기울인다. 내 전생과 후생까지도 끌어오길 마다하지 않는다. 그 극점에서 오두막에 살던 뒤뜰의 댓잎소리가 사운거리며 나를 찾아 올 때 나와의 대화가 시작된다.

나 죽어 한 필부의 젓대로나 태어나리
노래로 한세상을 달래어 살다가도
그리움 지는 달밤엔 가슴으로 울리라

그 다음 생 또 있다면 빗자루로 태어나리
티끌 먼지 쓸어내어 이 세상을 맑히다가
해 지면 거꾸로 서서 면벽수행 하리라

화살이나 죽창은 내 뜻이 아닌 것을
속 비워 어깨 서로 기대며 다독이다
생애에 단 한 번 꽃으로 경전 피워 보리라

—「대竹의 기원」 전문

　시의 재료가 고갈될 때는 소설을 읽거나 영화를 보거나 여행을 간다. 소설이나 영화로 다양한 삶을 접해 보는 것도 나를 자극하는 계기가 된다. 여행은 정신을 살찌게 하고 자신을 돌아보게 한다. 주산지로 문학기행을 간 적이 있다. 왕버들이 물속에 몸을 담근 채로 수백 년을 수행하는 모습이 눈에 들어 왔다. 물에 비친 그림자는 물속에 또 다른 신비한 세계가 있음을 보여주었다. 그 중 다 썩고 밑둥치만 남은 나무에서 순탄치만은 않았을 나무의 길을 생각해 봤다. 단지 정경만으로는 시의 정신을 살리지 못한다. 물속에 몸통을 내린 정진의 길을 생각하니 나무도 저렇듯 '눈비도 달게 받고 달빛도 고이 받아/향기는 나비에게 뿌리는 버들치에게/마지막 남은 한 획에 물잠자리 앉'히는 길을 걸어가고 있구나. 그렇다, 너와 나의 구별도 욕망도 자아도 다 내려놓고 왕버들처럼 살아갈 수 있기를 소망해 보며 얼른 메모를 했다.

5. 죽은 자와 소통하다

나는 신들의 도시, 경주에서 나고 자랐다. 경주는 죽은 자와 산 자가 어울려 소통하며 살고 있다. 수많은 고분이 오늘도 산 자를 불러 모은다. 때로는 산 자가 죽은 자를 불러내어 역사를 재생하기도 한다. 역사물에 관심이 많은 것은 태어나고 살아 온 곳과 무관치 않으리라. 핏줄의 내력인지도 모르겠다. 꽃다운 나이에 국가의 부름을 받고 산화한 아버지라는 그 이름은 역사의 산 증인이자 명치끝에 매달린 가족사의 통증이다. 그래서 '볼 붉은 혼'을 찾아 탐방하듯 순례하듯 역사의 현장을 찾기도 한다.

뉘 고르듯 잡풀 뽑는 왕릉 위의 저 여자
커켜이 쌓인 시간 호미질로 불러낸다
한 생이 소금꽃 피어 속살이 내비치는

솔 향 담뿍 풀어 어질머리 앓는 한낮

베이고 뜯겨져도 감싸는 풀잎처럼
비바람 끌어안는다면 다시 천년 못 가랴

굽 높은 접시 가득 제단에 올리는 땀
스란치마 한 자락을 찰찰 끄는 그날 바라
덩두렷 봉분에 앉아 알 하나를 품는다
　　　　　　　　　　　　 ―「알과 여자-오릉에서」 전문

　오릉은 난생신화를 간직한 박혁거세와 그의 왕비 알영부인 등 신라 초기 박 씨 왕들의 무덤이다. 현재의 여인은 신성한 봉분에 앉아 잡풀을 뽑지만 실은 알을 품고 있는 것이다. 죽음과 삶을 하나의 선상에 놓으니 풀 뽑는 여인이 알영부인으로 현신하고 있는 것이 아닌가. 즉 신화적 모성으로 역사를 재생한 것이다. 지금은 풀을 뽑아 하루하루 살아가지만 '스란치마 한 자락을 찰찰 끄는 그날'이 다시 오기를 바라는 염원을 담고자 하였다.

　이렇듯 내 시조는 자연 속에서, 삶의 현장에서, 때로는 역사 속에서 의식과 무의식의 체험 공간을 산책하면서 태어난다. 그러나 두렵다. 내 시에 영혼이 따라오지 않을까봐. 몸만 불쑥 나가는 것은 아닌지. 그래서 나를 다독이며 채근한다. 몸과 영혼이 함께 가자고. 또한 사물에 현미경을 들이대듯 드릴로 이면을 뚫듯 시의 세계를 확장하면서 깊이를 갖고 싶다. 그리하여 내 안의 또 다른 나를 만날 때까지 시조를 향한 내 발걸음, 나의 DNA를 지켜보고 싶다. ▨

■ 연보

· 1950년 12월(음) 경주 출생.

· 모량초, 경주여중고, 한국방송통신대학교, 부산대학교행정대학원 졸업

· 1969년 12월 부산대학교 교육행정직 공무원 시작

· 2006년 ~ 2011년 부산대학교 직원 문학동아리 '미리내문학' 창단멤버로 활동 『미리내문학』 제1호 ~ 제6호 발간

· 2010년 ~ 부산대학교 시문학회 '빛살문학' 창단멤버로 활동(현) 『빛살문학』 제1호 ~ 제7호 발간

· 2010년 5월 공무원문예대전 시조 「올레길」로 행정안전부장관상 수상

· 2010년 12월 부산시조시인협회 신인상 수상, 「숭례문, 검은 불꽃을 타고가다」 외 4편

· 2010년 12월 부산대학교 공무원 정년퇴직(서기관)

· 2011년 1월 국제신문 신춘문예 시조 「독도」 당선

· 2013년 ~ 2016년 '빛살문학' 회장 역임

· 2013년 첫 시조집 『젖꽃판』(동학사) 펴냄

· 2014년 ~ 2015년 부산여류시조문학회 사무국장 역임

· 2015년 「허물 벗다」로 제9회 시조시학 젊은시인상 수상

· 2016년 부산문화재단 창작기금 받음

· 2016년 제2시조집 『변산바람꽃』(고요아침) 펴냄

· 2016년 부산문학상 우수상 수상

· 2016년 ~ 부산시조시인협회 사무국장(현)

· 2016년 ~ 시조 전문지 '화중련' 편집위원(현)

· 2017년 『변산바람꽃』으로 한국시조시인협회 제5회 올해의 시조집상 수상

· 현 한국시조시인협회, 부산시조시인협회, 국제시조협회, 오늘의시조시인회의, 부산여류시조문학회, 부산문인협회, 금정문인협회 회원

· 현 빛살문학, 열린시학 동인

■ 참고문헌

· 김윤숙, 「용트림하듯 일어서는 그곳, 우리의 염원을 담다」, ≪다층≫,
2011년 봄호

· 박성민, 「새로움을 향한 길 찾기, 그 성취와 전망」, ≪시조시학≫,
2011년 봄호

· 채천수, 「꽃잎에 오는 봄과 꽃잎으로 가는 봄의 詩」, ≪스토리문학≫,
2013년 여름호

· 임종찬, 「사랑, 염원 그리고 자연과의 호흡」, 『젖꽃판』, 2013년 동학사

· 홍성란, 「어미의 사랑, 그 천형」, ≪유심≫, 2013년 8월호

· 박지현, 「재생과 반복, 그리고 소통의 길」, ≪시조시학≫, 2013년 여
름호

· 이송희, 「열린시학 리뷰2」, ≪열린시학≫, 2013년 가을호

· 정용국, 「습지에서 피어난 마른버짐의 노래들」, ≪시조시학≫, 2013
년 가을호

· 박현덕, 「서정적 세계관을 향한 정형의 가락」, ≪시조시학≫, 2013년
겨울호

· 염창권, 「풍경의 틈, 그 사이로 얼비치는 부재」, ≪유심≫, 2014년 8월호

· 정희경, 「어머니, 그 영원한 이름」, ≪시조21≫, 2014년 겨울호

· 리강용, 「절절함, 그 시퍼런 목숨의 무늬」, ≪나래시조≫, 2015년 봄호

· 정용국, 「적공과 열정이 빚어내는 '늦시조'의 향심」, ≪스토리문학≫,
2015년 여름호

· 박현덕, 「바다와 시조, 그리움의 시학」, ≪한국동서문학≫, 2015년 여
름호

· 변현상, 「현실을 직시하는 시선」, ≪나래시조≫, 2016년 봄호

· 이지엽, 「섬세한 에코페미니즘과 현실을 투사하는 예리한 서정」,
2016년 고요아침

· 박권숙,「초연과 고백의 감상미학」,≪서정과현실≫, 2016년 상반기호
· 조봉권,「변주하는 시조, 팔색조 매력 발산」, 국제신문, 2016. 7. 21.
· 이정환,「J에게 드리는 봄날의 시 이야기」,≪시조21≫, 2016년 여름호
· 김남규,「생의 약동과 긴긴밤 바라보는 눈물」,≪열린시학≫, 2016년 여름호
· 황치복,「갱생의 욕망, 혹은 부활의 상상력」,≪시조시학≫, 2016년 가을호
· 전연희,「동현 김덕남 시인 '젖꽃판'에 붙여」,≪부산여류시조≫, 2016년
· 최도선,「우리는 무엇을 꿈꾸는가?」,≪시와표현≫, 2016년 11월호
· 우은숙,「서정으로 결속된 역사의 메타포」,≪시산맥≫, 2017년 봄호
· 신필영,「2016 내가 읽은 좋은 시조/두꺼비」,≪시조21≫, 2017년 봄호
· 전연희,「2016 내가 읽은 좋은 시조/초분에 드는 길」,≪시조21≫, 2017년 봄호

현대시조 100인선 **100**

봄 탓이로다

초판 1쇄 인쇄일·2017년 10월 17일
초판 1쇄 발행일·2017년 10월 27일

지은이 | 김덕남
펴낸이 | 노정자
펴낸곳 | 도서출판 고요아침
편   집 | 정숙희, 이광진, 김남규

출판 등록 2002년 8월 1일 제 1-3094호
03678 서울시 서대문구 증가로 29길 12-27 102호
전화 | 302-3194~5
팩스 | 302-3198
E-mail | goyoachim@hanmail.net
홈페이지 | www.goyoachim.com

ISBN 978-89-6039-876-4(04810)
ISBN 978-89-6039-816-0(세트)